AF452717

NOTICE

DE

24 magnifiques

TAPISSERIES ANCIENNES

Avec 6 Bordures

3 MOSAÏQUES DE FLORENCE

3 TABLEAUX

PROVENANT DES PALAIS DU DUC DE MODÈNE

Et appartenant à M. Pietro CATTANEO

16, COURS VICTOR-EMMANUEL, A MILAN

dont la vente aux enchères publiques aura lieu

HOTEL DES COMMISSAIRES-PRISEURS

RUE DROUOT, 5

GRANDE SALLE N° 7, AU PREMIER ÉTAGE

Le Samedi 7 Mai 1864, à 3 heures très-précises

Par le ministère de M° DELAHAYE, Commissaire-Priseur
au département de la Seine, demeurant à Paris, place Boïeldieu, 1.

EXPOSITION PUBLIQUE

Le Vendredi 6 Mai 1864, de 1 heure à 5 heures et le Jour de la Vente, de 1 heure à 5 heures

LA PRÉSENTE NOTICE SE DISTRIBUE :

1° Chez M° DELAHAYE, Commissaire-Priseur, place Boïeldieu, 1.
2° Chez MM. FAGUER frères, Fabricants d'Ornements d'appartements, place et passage du Caire, 2, mandataires de M. Cattaneo.

1864

NOTICE

DE

24 magnifiques

TAPISSERIES ANCIENNES

Avec 6 Bordures

3 MOSAÏQUES DE FLORENCE

3 TABLEAUX

PROVENANT DES PALAIS DU DUC DE MODÈNE

Et appartenant à M. Pietro CATTANEO

16, COURS VICTOR-EMMANUEL, A MILAN

dont la vente aux enchères publiques aura lieu

HOTEL DES COMMISSAIRES-PRISEURS

RUE DROUOT, 5

GRANDE SALLE N° 7, AU PREMIER ÉTAGE

Le Samedi 7 Mai 1864, à 3 heures très-précises

Par le ministère de Mᵉ DELAHAYE, Commissaire-Priseur
au département de la Seine, demeurant à Paris, place Boïeldieu, 1.

EXPOSITION PUBLIQUE

Le Vendredi 6 Mai 1864, de 1 heure à 5 heures et le Jour de la Vente, de 1 heure à 5 heures.

LA PRÉSENTE NOTICE SE DISTRIBUE :

1° Chez Mᵉ DELAHAYE, Commissaire-Priseur, place Boïeldieu, 1.
2° Chez MM. FAGUER frères, Fabricants d'Ornements d'appartements, place et passage du Caire, 2, mandataires de M. Cattaneo.

1864

CONDITIONS DE LA VENTE

———

Elle sera faite expressément au comptant.

Les Acquéreurs paieront, en sus du prix d'adjudication, CINQ POUR CENT, applicables aux frais.

NOTICE

DE

24 magnifiques

TAPISSERIES ANCIENNES

AVEC SIX BORDURES

3 Mosaïques de Florence et 3 Tableaux

PROVENANT DES PALAIS DU DUC DE MODÈNE

Ces tapisseries, exécutées d'après les cartons de Jules Romain, Zuccare, Van Kessel, Rubens et Jordaens, appartenaient au duc de Modène et sont aujourd'hui la propriété de M. Pietro Cattaneo, négociant, 16, cours Victor-Emmanuel, à Milan.

HISTOIRE DE SCIPION

6 TAPISSERIES

Ces six tapisseries ont été exécutées à Mantoue, d'après les dessins et sous les yeux de Jules Romain, qui en avait reçu la commande du duc de Ferrare.

Elles passèrent ensuite aux mains du duc de Mantoue, restèrent longtemps dans la famille, puis firent partie de la dot d'Anne-Isabelle lors de son mariage avec le duc Ferdinand Charles X de Mantoue.

Elles devinrent la propriété du duc de Modène jusqu'en 1862, époque à laquelle elles furent achetées par M. Pietro Cattaneo.

1

Hauteur, 3^m,80 ; largeur, 5^m,50.

Entrevue d'Annibal et de Scipion aux environs de Carthage.

2

Hauteur, 4^m ; largeur, 6^m,50.

Générosité de Scipion. — Scipion, assis au milieu du camp, voit les généraux vaincus et les femmes devenues esclaves se prosterner à ses pieds.

3

Hauteur, 4^m ; largeur, 7^m.

Triomphe de Scipion. — Le char est précédé de guerriers couronnés de lauriers, qui se rendent au Capitole, portant de riches présents à Jupiter Capitolin.

4

Hauteur, 4^m ; largeur 6^m.

Suite du Triomphe de Scipion. — A la suite du char de Scipion on voit à cheval les principaux chefs et centurions des légions victorieuses. qui, de la pyramide de Caïus Sextus, se dirigent vers le Capitole désigné par les statues équestres de Castor et Pollux.

5

Hauteur, 4ᵐ ; longueur, 5ᵐ.

Suite du Triomphe de Scipion. — Quelques rois
ibériens et africains, leurs femmes et leurs enfanis, chargés
de chaînes, sont brutalement traités par la soldatesque in-
solente.

6

Hauteur, 4ᵐ ; longueur 5ᵐ,90.

Suite du Triomphe de Scipion. — Sifax, roi de
Numidie, et autres princes sont maltraités par des cavaliers
romains et concourent à compléter le triomphe de Scipion.

7

MASSACRE DES CENTAURES

Hauteur, 4ᵐ ; longueur, 6ᵐ.

Cette tapisserie a été exécutée d'après les cartons de Fré-
déric Zuccare, imitateur de Raphaël et auteur de plusieurs
peintures dans la chapelle Pauline à Rome.

Les quatre tapisseries qui suivent représentent des paysages peuplés d'animaux et sont des copies de Van Kessel.

Elles sont remarquables par leur composition et la fraîcheur de leur coloris.

Nous les recommandons tout particulièrement aux amateurs.

8

Hauteur, 3ᵐ,50 ; largeur 4ᵐ.

UNE VALLÉE D'ÉGYPTE

9

Hauteur, 3ᵐ,50 ; largeur, 3ᵐ.25.

UNE VUE D'ITALIE

10

Hauteur, 3ᵐ,50 ; largeur, 5ᵐ,10.

LE REPOS TROUBLÉ

11

Hauteur, 3ᵐ,50 ; largeur, 4ᵐ,65.

LA LOI DU PLUS FORT

HISTOIRE DE SALOMON

Ces sept tapisseries formant l'histoire de Salomon ont
été exécutées d'après Rubens et Jordaens et fabriquées à
Arras en 1626.

12

Hauteur, 4ᵐ ; largeur, 2ᵐ,70.

David promet à Bethsabée de céder le trône à Salomon leur
fils.

13

Hauteur, 4ᵐ ; largeur, 4ᵐ.

SALOMON SACRÉ ROI D'ISRAEL ET DE JUDA

14

Hauteur, 4ᵐ ; largeur, 3ᵐ,55.

SONGE DE SALOMON

15

Hauteur, 4ᵐ ; largeur, 1,93.

JUGEMENT DE SALOMON

16

Hauteur, 4ᵐ ; largeur, 5ᵐ.

Plusieurs rois étrangers viennent admirer la sagesse de Salomon et lui offrir de riches présents.

17

Hauteur, 4ᵐ ; largeur, 1ᵐ,90.

Épisode de la construction du Temple. — Salomon, sur le bord de la mer, attend avec anxiété le navire qui lui apporte des bois du Liban pour la construction du Temple. — Près de lui un envoyé du roi Hiram lui offre des présents.

18

Hauteur, 4ᵐ ; largeur, 2ᵐ,70.

INAUGURATION DU TEMPLE

HISTOIRE DE JASON

Les cinq tapisseries qui suivent ont été exécutées d'après Jordaens, qui lui-même s'est servi des cartons de Rubens.

Ainsi, on peut dans plusieurs de ces tapisseries reconnaître des figures de rois Mages copiées d'après Rubens et même le visage d'Hérode, sous les traits de Jason.

19

Hauteur, 3^m,75 ; largeur, 5^m,25.

Jason se présente à Pelée pour recevoir la couronne de son père.

20

Hauteur, 3^m,75 ; largeur, 3^m.25.

SACRIFICE DE JASON

21

Hauteur, 3^m,75 ; largeur, 4^m,70.

ARRIVÉE DE JASON A COLCHOS

22

Hauteur, 3^m,75 ; largeur, 4^m,10.

Jason vainqueur des guerriers nés des dents du Dragon.

23

Hauteur, 3^m,75 ; largeur, 5^m,25.

FUITE DE JASON ET DE MÉDÉE

24

SACRIFICE DU PATRIARCHE ISAAC

Cette tapisserie est d'une origine inconnue, mais provient de la famille des Durini.

25

Six bordures pouvant servir d'encadrements à des tapisseries sus-énoncées.

———————

26

Trois mosaïques de Florence, qui seront vendues séparément.

———————

27

Trois tableaux anciens.

———————

Nota. Le jour de l'Exposition, un Album contenant les photographies des Tapisseries sus-désignées sera à la disposition du public, dans le cas où la grandeur de la salle n° 7 ne permettrait pas l'entier développement de ces Tapisseries.

———————

Renou et Maulde, imprimeurs de la Compagnie des Commissaires-Priseurs, rue de Rivoli, 144.   3I5ɛ3